沼の夢

工藤吉生

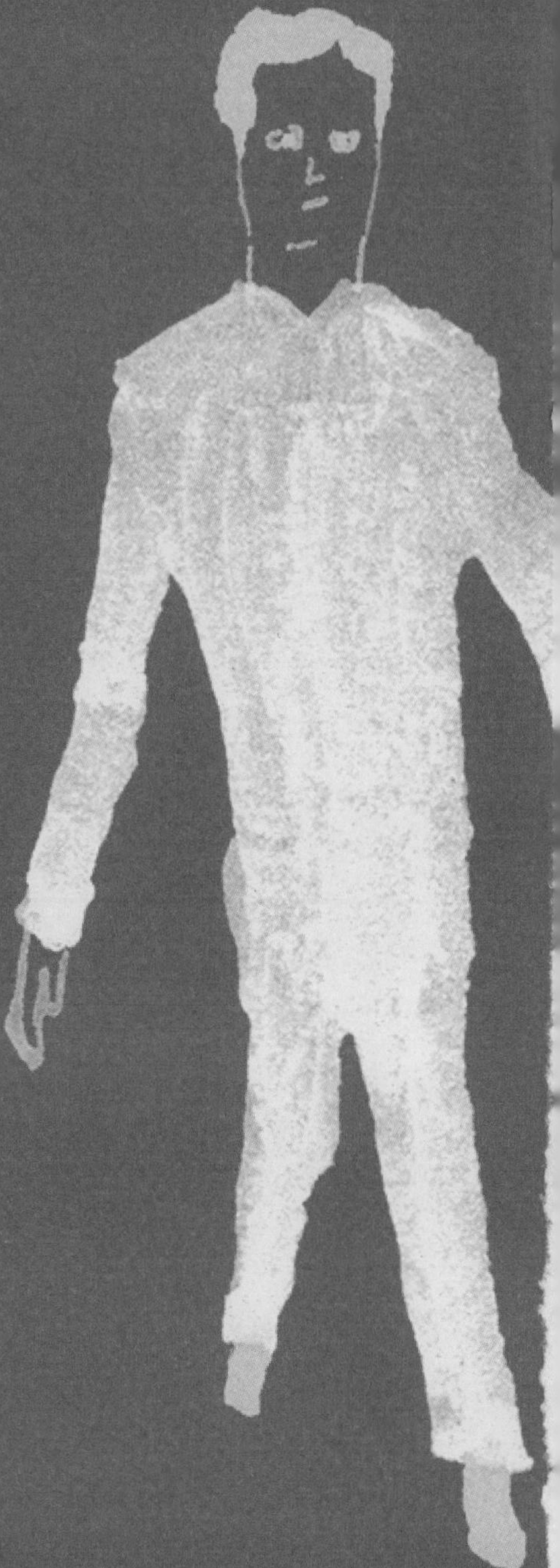

左右社

沼の夢

沼の夢

目次

III

I

全身にある

十一月四日にリリー・フランキー、NOKKO、名倉潤、オレが生まれた

1988年ファミコンで見た青空を今も愛する

怪獣がいたら折りたくなりそうな鉄塔きょうも折られていない

ぬいぐるみばかりつかんでいるせいで力うしなってゆくクレーン

「美味しんぼ」第一回で山岡が水三杯を飲み干すところ

スランプと言われてすぐに思い出す「魔女の宅急便」のホウキを

藤子不二雄Ⓐの漫画の人物が「ギニャー」と言い死ぬオレも言いたい

美男美女だけのドラマにダンプカー突っ込んで結局は感動

サスペンスドラマの死体に（動くなよ）（うまくやれよ）と励ます心

首のない人が野原を駆け抜ける動画見ている充実の時

あんなとこまで行けるのが不思議だが絶壁の人はまだまだ登る

三秒を静止している重量上げ選手の四年を思う一瞬

変な言葉変な動きで笑わせる仕事は運も必要らしい

クイズ王が司会のオレを待っている夢の中へともう戻れない

聴覚の検査するとき押しボタン持ってクイズの緊張感だ

あっウンコもらしちゃったと笑ってる顔を見せてるネット配信

ボールペン薄くなりゆく　私もう元の世界に戻らなくては

地上波のテレビ放送全局を同時に見れば滅びの声だ

テレビでしか見たことのない毛根の断面はオレの全身にある

ドブだった

日の暮れた道を歩いて影だったドブだったもう会えない人よ

だぶだぶのシャツは干されて一年中きみだけずっと休んでてよし

たった今、今の今まで持っていたペンをどこかになくしてしまう

一滴がひらたい石の床に落ちそれが聞こえるくらいに孤独

右耳と左耳とが聴いている虫のそれぞれ愛かもしれず

爆破する音のテレビを物言わぬ男見ているその上に夜

ウインカーつけて曲がってゆく車　しずかな夜を眠れずにいる

まっさらな心に石を投げ入れた波紋のひとつ、（ひとつ）、（（ひとつ））

りんごの上にリンゴを置いてその上に林檎を乗せたぐらい不安だ

浅い川　底がいくらか見えていて寝苦しい夜ゆううつな朝

いつになく心つめたく炊き立てのご飯の湯気がイヤでたまらぬ

出勤に「スナック・愛」を通過する　つらく別れた人の名前だ

つらすぎて笑っちゃうよというふうに朝の車道を枯葉ふらつく

飛んできたテニスボールを投げ返し礼から逃げるように砂利道

醜さのバリエーションと思うまで総合百貨店の人ごみ

捨て場所を探して歩くビニールのゴミを握ればオレの温度だ

「深い」とだけ褒めてくださる人がいる落葉みたいな表情をして

すぐにやむお天気雨だそのような気持ちではない気持ちとかじゃない

あぶないよ!!　などと書かれて一周をフェンスの囲む池のさびしさ

大中小　シャボンの玉はなさけないオレに響くよ　小小中小

冬の枝　こころぼそさに君の名を呼んだらこらえられそうにない

避けられているのだとしておとなしく避けられているよりほかになし

街路樹のひとつひとつを見て歩きどれもオレより孤独とおもう

派出所の前に立ってる警官の動かないまま小雨はつづく

カサブタ

帰り道ぴったり揃う歌声がおうちに着いて終わるのがいや

木の机を両手で叩く休み時間「うるさい」とだけ感想もらう

セーターに象が並んでいたこととそれらが同じ向きだったこと

眼の数に特徴をもつ妖怪をむさぼり描いていた少年期

見れなくて涙流したこともある「となりのトトロ」のテレビ放送

人形のサンタが片手に持っているリボンのほどけないプレゼント

言ったってどうせ信じてくれない、と涙流したけど嘘だった

泣いていたキャンプの夜のその前は少し踊ったりもしてたかも

うしろから目隠しされた思い出の真っ暗よりも指の感触

カサブタは触っちゃダメと言ってくれたミナコちゃん、オレまだいじってる

ありがたい話を聞いてありがたい足どりでゆく渡り廊下ね

水曜日はウェドネスデイと覚えてもよいと小声でテアチェルは言う

マイケルという名の知人はいないんだルーシーもいない晴雄ならいる

子供らの踊るテレビの棒立ちのひとりとオレの目が合っている

組み立てた線路に汽車を走らせる少年の背を陽が包み込む

レーズンの埋まったパンはガキのころさわった岩を思い出させる

子供にはちょうど良さげな枝だなあ　構えてもよしつついてもグー

石ころを懐かしい気持ちで蹴れば軌道いじけて脇へ逸れゆく

雪合戦の音が聞こえる　悪を倒すために投げるという声もする

人を喰う巨大なサメの話する小学生は坂の向こうへ

先生をお母さんと呼んだオダくんも四十代だまだ生きてたら

24年前から床屋の本棚の漫画が変わっていないようだが
高校の頃の自分に出会いたい嫉妬渦巻く目をのぞきたい

ばあ

今朝起きたときから気になるささくれは親不孝からできるというが

後ろからおどかそうとしたおとうとの白髪の二、三に思いとどまる

釣り針に小さな虫をつけている時は器用に見えていた父

寒そうに背中丸めた母親がコンロに話すパチンコのこと

点のないハテナみたいに横たわる猫にオモチャをころがしてみる

自分では獲れない魚を好物にしている猫はおかしい　と父

あたたかくなってくるのはありがたい母がなにかをゴシゴシしてる

夢の中の弟はまだ小さくてこちらを向いた不安な両目

夏風邪をひいたと言えば「腹出して寝てるせいだ」と正解の父

アナウンサーの男女ならべば「こいつらはデキてんだろ？」と父の勘繰り

生きるのをあきらめたいという父の部屋に雑酒の空き缶ならぶ

このへんの人はどこまで買い物に行くのと母が二度言った道

出て行った父の本棚埋め尽くす開高赤川寿行在昌

母の目玉さがす夢から覚めてなおしばらくさがす母の目玉を

母の言うバラバラ事件はあちこちに出したおもちゃを放置すること

にんげんのハグのかたちに猫抱けば四本足がつっぱるつっぱる

ここだけが自宅であれば不機嫌に囲む四角のコンビニ弁当

冗談でチョップをしたくなったとき弟がいて助かりました

麻雀の話をすれば七対子だけを知ってる母も口出す

弟にゲームで勝った　弟はフロに入ると言い、オレひとり

夏の夜みずから懐中電灯で祖父が下から照らす顔　ばあ

生意気とオレを評したことばかり思い出される訃報の祖父に

スイカ割りをやった記憶は目隠しに覆われていてあの声は父

「なつやすみがあと4にちになっちゃった」昔のオレが母に泣きつく

買ってあげたゲームが気に入られなかったオレにやさしい風をたのむよ

じいちゃんと体重計に乗ったっけ七十五キロ二十一キロ

植物の細さがからみついているフェンス歪んでオレのふるさと

II

呼ぶな

半袖にしてもずるずる降りてきて長袖になるオレの生活

オレが来たせいでやる気を完全になくした待合室の加湿器

使わないピアノの上が物置になって1オクターブのパンツ

ニャンちゅうのものまね一度やってみるすこし似ていてまったく惨め

ありのままのオレはどういう奴なのか笑うと裂けるくちびるの皮

投げやりな気分だったがパトカーとすれ違うときややふくらんだ

怒ってるようなあくびでスカスカな一日は終盤にさしかかる

もういくつ寝て待つほどの正月か　コント漫才見て日は暮れる

明日こそ休みだからと飛び上がりあさって仕事だからと着地

適当にごまかしながら相づちを打てば過ぎ去る老人であれ

なぜならば面倒くさいことを避けラクをしようとしてたからです

メロディーをつけてあくびをした時の下降しようとするそのちから

オレが木になったとしても「なるようにしかならんよ」と言うんだろうな

いいですよ隣の車両にもうひとりオレがいたってかまいませんよ

網棚のカバンがちょっと開いていて「人妻」という二文字が見える

階段のとなりにエスカレーターがあって気楽ないきかた選ぶ

「それだけのことだ」と言って長ーーーーーーーーい説教終わる

泣きながら叱ってくれる人は去り笑ってごまかす歯の真っ黄色

そのときになったらオレを刺してくれ　と言った「そのとき」過ぎちゃったねェ

おじさんと初めて呼ばれたその時の気持ちをボクに半分あげる

ぐいぐいと顔を押しつけもうこんな自分は嫌だと言った畳だ

工藤にも生きる権利があるという嘘みたいだがほんとの話

人として恥ずかしくないのかという注意で人間感覚もどる

この人はこんな感じで怒るのか　ヒトは怒ると大体こわい

アイドルが真面目にタフに生きているさまをテレビに見せつけられて

これからは清い心で暮らそうと決めた昨日が前世の遠さ

陰毛がへそまで広がるようにして将来の見通しが暗くなる

子供とか若い保護者が行き交ってオレは腋毛を腋で擦るのだ

「青春の旅」と聞こえてそんなのがあった気がしたトンネルの中

コンビニに入って出たら傾いている太陽だおい待ってくれ
自転車のカゴに入れられてるゴミめ出ていけオレを父さんと呼ぶな

光陰は矢の如く過ぎオレはいま二度寝を終えて三度寝に入る

眠ってる自分はどんな顔だろう無表情なら問題ないが……

二曲目で寝て五曲目で目が覚めてそのまま八曲目までは聴いた

もう五月なんて言ってるうちにもう六月なんて言ってるうちに

つれづれのスマホのなかで銃を撃ち撃たれ殺されつまみ出されて
悲しげな曲をかければしみじみと見えるのだろうオレの写真も

自殺する前に見ておくべき星が宇宙にあって　永遠の距離

ふと森に入りそのまま帰らない自分になりたくなりそうだった

のたれ死にしたことがある気がしてる　照らされてオレンジの歩道橋

ふっくらと陽のあたる街　ここに住む誰もが泣いたことのある人

デタラメに歩く

朝早く自転車こげば誰にでも挨拶をする人が流れる

自転車をこいでる足の右側のあたりに二秒間の蝶々

何を拾っているのだろうと見ていたらそんな体操だったんだ朝

九時を知らすチャイムが鳴って気がついて見上げた時計今まさに九時

西村の表札の字が巧すぎて西村の家なのかわからん

地図通り同じ形の池がある正しい景色をなぞっていった

本来は目立つ色だが時を経て自然な色の安全の旗

見上げても見えないつまり音だけの飛行機がいま居たんださっき

取りだし口　ゴドと出てきたカフェオレがそこにはじめからいる顔だった

ゴミ箱をあふれるごみのてっぺんで曲がるストローまっすぐのまま

券売機をかわいがってるおばさんはそんなわけない清掃員だ

十万本あるといわれる髪の毛のいっぽんオレの口をでてきた

納豆の入ったうどんを次こそは食べる決意で会計終えた

おじさんのキャリーバッグはおじさんに引かれそのまま男子トイレへ

かわいそう　窓全開の車から大ボリュームの駄々漏れの歌

遠くではマジックショーが始まった騙そうとする声のあかるさ

上下とも蛍光色のおばちゃんが唇を噛みうつむいている

あちらへと行きたいオレとこちらへと来たい見知らぬ人、信号機

これは良い門ですなあと見ていたら向こう側から開いてしまった

右耳から入れた言葉が左から抜けてすずしい海へと至る

スーツ着たままデタラメに歩いたらオレしかいない草原に雲

88

なんのために？

ほどけそうだがほどけない靴ひもが気になる後半戦立ち上がり

電線にとまるだなんてできる気がしない　スズメに生まれたくない

自然光　両足の指の爪を切り出来た気がする一日一善

トワレって書いてあるから調べたらトイレのことだやりやがったな

立ち小便をしている人を二階から見ている　音をたてないように

妄想は百万本の紅い薔薇をバルコニーから見下ろしている

復讐は溝に転がるボウリング球がふたたびあらわれるとき

言おうって思って忘れちゃうんだが思い出したら自慢話だ

全体の8割ほどを青空が占める絵を見てちょうど良かった

トルソーになった自分を想像し「なんのために？」と思い前向く

なぜここにあるのかわからない窓に人が見えたり見えなかったり

この場所に物を置かないでくださいのあたりで出たら切れた非通知

カップ麺を持ち運ぶとき手の中にほんの小さな波の音する

菓子パンがパンを失いビニールがデスクの上につくる陰影
衝動のままに深夜の暗黒をスマホで撮ってみたよ手軽に

真夜中にパイの実喰ってるんだよと教えてあげるツイッター《エックス》にだけ

持ったまま眠ってしまい目が覚めてふたたび使い始めるスマホ

食欲と詐欺

スイッチを入れれば笑う人形を手に取るすでにほほえみながら

どんよりの朝の景色を通過する電車の中から人を見下ろす

リヤカーの傾いている辺りから田んぼぐんぐんひろがる景色

片隅の視野に動いているものは噛んでる口の中のたぶんガム

オレのだと思ったパスタが近づいて隣の席に置かれる真昼

コーヒーのつもりで飲んだ一口が紅茶だったし世の中おかしい

見かけより歯ごたえのあるパンだけどオレもそうだぜパワーでかじる

言われても貧乏ゆすりを続けてる男の足の見えるこの席

ちゃんとした道があったらいいのにと言っちゃったんだ山の斜面で

オレだけにこんなにいきり立っている犬に会ったり人に会ったり

横長のうつわ満たせば完了のダウンロードに目ぢから注ぐ

固すぎるとさんざん言ったセンベイをオレにすすめるそのさりげなさ

センベイとチョコ食べてたら言われたよ「ブラックホールなみの食欲」

鏡見て自分の顔で思い出す詐欺の電話がきていたことを

ホクロって見ようによってはボタンだが押しちゃいけない何もないから

モンテスキュー、よかったな女子高生がさっきお前のこと言ってたぞ

派出所で新春シャンソンショーを見て生麦生米生卵食う

ほう、犬の服が光っていることで安全性が高まっている！

Ⅲ

せー

ひとくちぶん残すのが癖　冷えきったゆうべのひとくち上向いて飲む

男もののパンツが落ちている坂をオレじゃねえよの顔してのぼる

作業する自分がダメなＡＩに思えてちょっと目の横を掻く

せー

声を出し腕を回して朝九時の避難訓練に出口さししめす

「愛情を注いだからこそおいしい」としゃべるDVD　スイッチオン

芽が出れば売場に出せぬジャガイモよ　オレの暮らしは変化とぼしく

はずかしい自分だという予感してマスクの下に噛んだくちびる

せー

にんにくがどこにあるかを朝に二度きかれる　どこへ流れるべきか

ブロッコリー並べるオレに歯の抜けた話始める少年がいる

昼休みツイッター見て通勤のくよくよ声を指で押しやる

「いただいてよろしいっすか」「ハイ」の「イ」のあたりですでに広がる甘さ

「曜日感覚がない」と言ったらおれもおれもわたしもおれも共感の部屋

休憩の終わり近づき返信はひとまずこれでいいべ　送信

いらっしゃいませがだんだん「せー」だけに縮まっていく気づいて伸ばす

オレが見た瞬間ネギが倒れ込むネギを立て直すのはオレだよ

今朝採りのイチゴに値引きシール貼る今朝が昨日になりかけてきて

逃げたような負い目どこからくるのかを思いながらの退勤風景

引き抜いた白髪まとめて捨てるとき羽根を捨ててるみたいだったな

年齢をどうにかしたい腹の肉と同じくらいにどうにかしたい

せー

買ったことない宝くじの賞金の想像やめて便器離れる

洗っても落ちない自分だと思う拭いても濡れた自分と思う

アスパラのことをしつこくきく人が夢とわかれば目をこじあける

彗星の心

耳かきの棒の代わりに差し入れた小指意外とずぶといやつだ

上腕に上腕二頭筋はあり君は言い訳せず生きたまえ

困難なほうを選んで進めとは良い忠告だ街を見下ろす

鼻のながい和尚が鼻をちぢめたら笑われたよな？　また伸びたよな！

ちょうどよく目が痒くなり掻いていた　傷つくことを言われたときに

クッキーの詰め放題はオレが思うよりもはるかに人を集める

ケーキ屋に立ってるだけのいまいちな店員さんが目と鼻の先

舐め回すように見るとは考えてみればみるほど腑に落ちる比喩

レシートに乗って近づく釣り銭のあれよあれよと財布の暗さ

一口をかじったら具がみんな出てやがて具のないオレのバーガー

ぶりっ子は大昔にもいたのかな見てみたい大昔のぶりっ子

彗星の彗の字覚えられなくてさっきは下に「心」をつけた

生きている人が一番こわいねと言うとしずまり話題は変わる

学校と親と子どもの三角がきしむ話はドトールの隅

窓の外を見ている時はガラス見ずガラスを見ている時は外見ず

午後五時はほとんど夜の空だった落胆のまま電車に座る

駆け込みで乗ろうとしたが間に合わぬ人の顔見る加速しながら

走ってる人が急いでいる顔をしていてこれがよく合うんだよ

縁のない他人の股間が五メートル以内に十二あってにぎわい

ガムとゴムを足した感じの悪臭は右の男だししっかり憎む

片方の話し方から察するにもう片方はほめるの上手

八割方だめと言われて駄目だった一件今のオレに繋がる

この生がくりかえされてもOKな生き方しよう！　とコンビニで読む

親子って似るもんだなと思わせる二人を避けてレジまでの道

老いてから泣くほど悔やむ選択を今日も誰かがするかもしれぬ

人生はゴールをもたぬ迷路だと壁の向こう側で声がする

引き出しの中を探して見つからず閉めたこの引き出しがあやしい

隠してることを隠したままにする　眠れない夜どうしているの

くうんくうんオレのうしろについてきた犬を抱き上げ目覚めても夜

うしろへうしろへ

信号待ちをしていたら子供が近づいてきて「なんでひとりでしゃべってるの」と言ってきた。つぎにもう一人の子がこっちに来て、同じことを言った。二人の子の父親らしき人もこっちに来た。

信号がないのに信号待ちをして考えていたこと靄のこと

ふれたものをボロボロにする魔法ならすでにかかっているんじゃないか

あっちいく時間をこっちへガッとやりグワッとするんですかそれですか

よく見てはいないがきっと犬だった繋がれて四つ足のハアハア

「なにもしないアプリ」というのを起動してみたら、スマホからかすかな笑い声がするようになった。赤い小さい丸がつぶつぶしているアイコンだった。

一点の撮ったおぼえのない画像でてきて白っぽい壁　斜め

お前らはそれでも人間なのか！　ってしゃがれて路地に声、軍手あり

文字ならばネヘハカカカと笑ってる大学生はうしろへうしろへ

振り向けば消えてしまっているわけで自分もただの点になるのだ

八千円やるから三万円くれとかぼそい声がしているのかい

あじさいのどえらい青と紫にたまにブレーキかけられたりも

ぬるぬるの壁の銀行あったなら出てくるか血のついた万札

六台の黒い車がつらなって予感うまれる育たず消える

短歌雑誌に発表したオレの連作が陰惨だったと言われるが、記憶にない。見てみるとそれは「農村数秒」というタイトルで、QRコードが貼られていて、動画サイトにリンクしていた。

生卵入りのパックを開ける音、　にしては長いし方角かわる

塔という建築物に想像で中へ入ってからっぽだった

マネキンにつるつるあたまよく似合うのっぺらぼうとはだかも似合う

矢が刺さり死んだ気分になっている最後の力で花をつかんで

霊になり歩く自分と仮定して暮れた地面に空を見上げる

ずっと見ていられる月の表面を雲がぼんやりさせていくので

目を閉じた　自分のからだのうちがわがまるで歯だけになってしまった

ミュージック　底のやぶれることもなく夜は鏡に映りもしない

少年のサッカーチームを監督が指導している映像になり、ボールがカメラの近くに転がってくる。

埋まってるタイヤ見ている園内の子供がきっと気づいてしまう

影だけを覚えているよ借りたまま返せなかった図書室の本

あきらかに・まぶたのつもりで・一匹の犬を・閉じてる人・おるよねえ

貼り紙に近づいてみるとまったくの白紙　誰かが立っている窓

夕闇に吊り包帯の三角の腕の白さが近づいてくる

可笑しくて　もォッかしくッて　たまんない　声の三つが夜を遠のく

いりぐちはどこも閉じててそとにいるさびしいものはふくらむばかり

青いゆめ、あかい夢らをそれぞれの位置に立たせて打ち据えている

景色全体の色がおかしい場所、特に葉っぱが青い場所があって、奥に進んで
いったらいつのまにか沼の中央にいた。

紫の神社に立てば「くどうよしお首折って死ね」の絵馬でびっしり

西洋の甲冑を着た男性がオレを殺したがる窓のそと

「快楽や自分や海や坂がきて砂を殺す」と闇につづった

長旅をまずはやめろよしがんしとりるだねさながいしがんろに

ろうろうぬ。　ぬろになぬなるあむらにのおうろもろにのおう、　ろうろうぬ。

ズダラニズダラズラブニフ袋から取り出すダラズラブニフ愚か

すす　ヲヲヲ　なにもしらない　すすヲヲヲ　わからない　すすヲヲヲいわない

厚い雑誌。「工藤吉生と1979年の爆殺魔」という特集だ。ひらくとページが光りはじめた。

透き通りきらきらひかる水滴を思わせながら奥へひろがる

見下ろしてみても真っ暗だけれどもきびしい水が呼んでいる声

カーテンに隙間があって景色には足りず表情にはまだ遠い

50センチ、または、361キロ

風がある「実印承ります」も「守ろう交通マナー」もなびく

チャリが来た　避けようとして傾いたオレと真夏の草のふれあい

合った目をすぐにそらした　本能がそうしろと言い体したがう

プレミアム贅沢特製厳選がどれでも買える自販機の前
ほっぺたにアイスココアをくっつけてココアじゃなくてもいい冷たさよ

夢でしか入ったことない公園に現実で来て石ごっちょごちょ

これでもかこれでもかこれでもかという工事の音は必要の音

喜びにカウントしよう暖色の花の緻密なグラデーションを

花の名を知りたくて見るプレートに〈泉区まちづくり推進協議会〉

シャワーヘッドみたいにうつむくひまわりの顔をのぞいたほほえんでいた

50センチくらいまでなら近寄れるカモと目が合わないどうしても

あやしてるような頭が見えてきて赤ちゃんもいた　一問正解

誰一人いない広場の好ましさ　みどりがしずか茶色もしずか

アドバルーン　空から何か言ってるがアドバルーンであることからだ

みずいろのテレビ画面はぼやぼやのよその家だよ夏の夕方

鉢植えを隔てて紅いふかふかの座布団見えてあこがれとなる

東京まで361キロの標識が散歩コースにはある

来た道を戻ってみれば風景が裏返ってて迷いこむ、ひょん

いつのまに白い四角い病院がちゃんとできてて患者さんいる

屋上に植えられている植物の地上から見るはみ出し部分

オレよりも歩行速度で上回るヒトだ。みるみる点に近づく

目が悪くなったもんだよ四車線隔てた少女の顔　目鼻無し

暮れてゆく散歩のなかで風鈴のにぶくさえない一つを聴いた

ゆうぐれの橋を渡った　川だなあ　ちらばっている光つぶつぶ

さらさらのロングの髪を思わせて草垂れ下がる　夜は坂道

健気だな電話ボックス天井の蛍光灯がちゃんと白いよ

錆だらけの小屋からオレの奥にある過去にひっそりとどいてしまう

草笛を吹いてる大人の横顔が思い浮かんだ眠ろうとして

ハーモニー

また朝だ　磨けば光るものをもつつもりのオレがうなる　みじかく

生命と宇宙について全貌を熟知していた目覚めるまでは
早朝のスパムメールの件名は「結局金が全てなのです」

白と黒二匹の犬がからみあう散歩ながめる心しずかに

空中に指揮をしてみる　二階から眺める雲は伸びきったまま

合唱の歌詞のなかには今まさに飛び立つ鳥がいる　ハーモニー

高校のころのノートに「世界中の鏡を割ろう」とありすぐ閉じた

みずうみにむらさきの雲がうつりこむ風景ゆびでなぞれば保存

壊れかけの傘を突き出る一本の骨を見上げてちょっとそこまで

まっすぐに歩いていけば踏みそうな枯葉踏み抜く意識を乗せて

たたもうか迷いながらの雨傘をやや傾けた　風がきこえる

木造の建物のなかの部屋で、高校のころの書道室らしい。木の椅子に座っていた。

自分は何かを飲むか、何かを注射された。重い罪を犯して、この世界の死刑のやり方に従っている。あるいは、もう治らない病気になっていて、楽に死ぬのを選択した。どちらかだし、両方だ。

そばに無口な医師がいた。医師から処置を受けた。あとはだんだん眠くなって死ぬだけだ。心が軽い。もうなんにもない。過去も未来もない。

木造の建物の、教室のような大きさの部屋で、木の椅子に座って、窓の外を見ている。目の前に川がある。川の上でわずかに動いている水が、とげとげしているように見える。光が反射して、光は水面に散らばっている。

言葉にして言ってみる。

「川があります。水面に光があたっています」

丁寧語じゃないかもしれない。

「川だ。川が見える。水面に光があたっている」

川には橋がかかっていて、橋の手前には自転車が停まっていた。記号のように簡素な茶色い自転車。

水面がきらきらきらきらして、まぶたが閉じて生が終わる。

これを繰り返した。

家族がいたこともあった。家族は女性とたぶんひとりの子供で、子供は機関車のおもちゃを手で前後させていた。木の床に。

銃をかまえた人がいたこともあった。同じ部屋のなかに。長い、猟に使うような銃で、銃はこちらを狙っていた。

窓の外が川ではなく海だったことがあった。海の手前の砂浜がごちゃごちゃしていた。木が生えていた。粗末な建物が見えた。見つめていると、粗末な建物がしなしなと、ぱらぱらと崩れた。見ると崩れる。ほかの建物を見る。ほかの建物も同じように崩れた。

一回は、これは最後のほうなんだけど、窓の外ではなくて窓そのものを見た。窓に、人の目かもしれない何かがあった。でももっと透明で人の目より大きくて、亀裂の一種のようでもあった。それをのぞきこんだら、ひとつの考えが流れこんできた。

人は生まれ変わる。何度も生まれ変わる。そして全員をやる。生まれ変わって、全員になる。自分は全員だ。それを言葉にあらわしたときには、もうまぶたが閉じていた。

工藤吉生《くどう・よしお》

一九七九年十一月四日、千葉県生まれ。
二〇一一年『ドラえもん短歌』（小学館）で短歌に興味を持ち、
インターネットを中心に短歌を発表し始める。
二〇一八年「この人を追う」（三〇首）が
第六一回短歌研究新人賞受賞。
二〇二〇年『世界で一番すばらしい俺』を短歌研究社より刊行。
のちに短編映画化（主演・剛力彩芽、監督・山森正志）。
二〇二一年から二〇二二年にかけて、
Twitter広告やYouTube広告等で歌集の宣伝を試みた。
もっとも効果があったのはtogetter。
二〇二三年にボカロに興味を持ち
YouTubeで「ボカロ１００選」を作成、公開した。

沼の夢

二〇二四年二月十五日　第一刷発行

著者　工藤吉生

発行者　小柳 学
発行所　株式会社左右社
東京都渋谷区千駄ヶ谷三丁目五五－一二
ヴィラパルテノンB1
TEL　〇三－五七八六－六〇三〇
FAX　〇三－五七八六－六〇三二
https://www.sayusha.com

装画　新山祐介
ブックデザイン　鈴木成一デザイン室
印刷所　モリモト印刷株式会社

ISBN978-4-86528-404-1